Steinalte, schneeweiße, hochprivilegierte Männer packen aus

Der Flussschwimmmeister

Steinalte, schneeweiße, hochprivilegierte Männer packen aus

Bibliografische Information der Deutschen Nationalbibliothek:
Die Deutsche Nationalbibliothek verzeichnet diese Publikation in der Deutschen Nationalbibliografie; detaillierte bibliografische Daten sind im Internet über http://dnb.dnb.de abrufbar.

Herstellung und Verlag: BoD – Books on Demand, Norderstedt

ISBN: 9783752673388

Inhalt:

Operation Bestseller

Sturmhorst: „Operation Bestseller ist hiermit eröffnet."

Lino: „Wir müssen uns erst mal überlegen, welcher Stoff die Leser anspricht."

Radbert: „Sex und süße Tiere kommen immer gut an."

Ozias: „Zwergkaninchen?"

Sturmhorst: „Mit einem Buch, das Sex mit Zwergkaninchen zum Inhalt hat, würden wir auf dem Scheiterhaufen landen. Sex scheidet für uns ohnehin aus. Werke über Sex können nur scharfe Schreibschnecken, die in Talkshows eine gute Figur machen, an den Mann bringen. Wenn schmerbäuchige Männer sich in ficktiefer Literatur versuchen, lockt das keinen Hund hinterm Ofen vor."

Lino: „Ich plädiere für ein witziges Buch. Ein Buch, das viele Leser anspricht. Über den Sinn des Lebens vielleicht?"

Sturmhorst: „Wer 42 sagt, bekommt was aufs Maul. Aber mal im Ernst: Dieses Thema ist zu abgedroschen."

Radbert: „So ganz würde ich das Thema Sex nicht verwerfen. Wie wäre es mit einer Geschichte aus der Zukunft: Enthüllungen einer Beischlafzeugin. Wir schreiben das Jahr 2028: Um vor einer Vergewaltigungsanzeige geschützt zu sein, ist es vonnöten, nach dem Sex ein Dokument in Händen zu haben, das beweist, dass die sexuellen Handlungen freiwillig erfolgten. Formulare, die vor Aufnahme der sexuellen Handlungen ausgefüllt werden, helfen nicht wirklich. Denn selbst wenn eine Einverständniserklärung unterschrieben wurde, bedeutet das nicht, dass das Einverständnis auch für den Dauer des Geschlechtsverkehrs aufrecht erhalten wurde. Man könnte die sexuellen Handlungen filmen. Was die beteiligten Leute der Gefahr aussetzt, dass das Video im Internet landet. Die Möglichkeiten der Hacker werden zukünftig zunehmen. So werden sich Reiche zwecks Dokumentation der Freiwilligkeit an diskrete, vertrauenswürdige Personen - vor allem weiblichen Geschlechts - halten, die dem Beischlafakt als Zuschauerinnen beiwohnen, die Freiwilligkeit überwachen und im Falle einer Gerichtsverhandlung auch bezeugen können. In dem Roman packt nun eine dieser Zeuginnen über die sexuellen Vorlieben der Reichen und Schönen aus."

Sturmhorst: „Hört sich nicht schlecht an. Das Publikum ist sicher interessiert an den sexuellen Perversionen der Upperclass. Eine attraktive Autorin könnte daraus einen Bestseller machen. Aber wir nicht!"

Ozias: „Na gut. Dann eben was sozialkritisches. Wir schreiben ein Buch über einen Prozess in den USA. Angeklagt ist ein Arzt, der während einer Hinrichtung anwesend sein muss. Als er sieht, dass die Mittel, die verabreicht wurden zu einem entsetzlichen Todeskampf beim Delinquenten führen, zieht er eine Pistole aus seiner Arzttasche und erschießt den Hinzurichtenden. Der Mediziner wird wegen Mordes angeklagt. Vor Gericht beruft er sich auf den hippokratischen Eid, der ihm ein Handeln zum Wohle der ihm Anvertrauten als Pflicht auferlegt."

Sturmhorst: „Das interessiert höchstens ein paar Alt-68´er. Wir brauchen was Krachenderes!"

Lino: „Dann machen wir eben ein Science-Fiction-Hitler-Buch. Einer Sekte gelingt es an die DNA Adolf Hitlers zu kommen. Daraus wird ein Kind geklont, das man zu einem Mann heranwachsen lässt. An seinem achtzehnten Geburtstag wird ihm der Prozess gemacht. Die Menschheit ist gespalten: Die Genisten sehen die entstandene Person als legitimen Nachfolger Adolf Hitlers, wohingegen die Ganzheitlichen einwenden, dass allein das Erbgut nicht den Menschen ausmacht und der Mensch, der entstanden ist, ein zeitversetzter Zwillingsbruder Adolf Hitlers sei, der keine Schuld auf sich geladen habe und demnach freizusprechen sei. Es kommt zu Demonstrationen, dann zu Ausschreitungen, dann zu Gefechten, die im dritten Weltkrieg enden. Diesen Krieg führen die Parteien mit brutaler Härte und futuristischen Kampfmaschinen."

Sturmhorst: „Na, das hört sich schon bedeutend besser an. Ist aber immer noch nicht Bestsellerverdächtig. Wir brauchen etwas, auf das alle abfahren. "

Radbert: „Vampire?"

Empörtes Murmeln

Lino: „Vampire sind zu ausgelutscht. Zombies wären besser. Aber in diesem Genre tummeln sich schon viel zu viel Möchtegernbestsellerautoren."

Sturmhorst: „Dann machen wir eine etwas andere Zombiegeschichte: Wir könnten einen historischen Zombieroman schreiben. Zombies anno 32. Das Matthäus-Evangelium berichtet von den Leibern verstorbener Heiliger, die ihre Gräber verlassen und den Menschen erscheinen."

Radbert: „Aber das sind doch keine Zombies."

Sturmhorst: „Tote die aus den Gräbern steigen und sich dann Richtung Lebender bewegen: Wenn das keine Zombies sind, dann weiß ich nicht, was überhaupt Zombies sein sollen." Und wir könnten noch die Geschichte um den Tod des Judas einbauen. Die Apostelgeschichte berichtet davon, dass dieser auf seinem Acker kopfüber stürzt, auseinanderbricht und sich dann seine Eingeweide auf dem Feld verteilen. Da kommen Splatter- und Gore-Fans auf ihre Kosten."

Ozias: „Das eignet sich besser für Filme. Drehbücher sind dann das Nachfolgeprojekt »Operation Megabuster«. Nach dem Bibel-Splatter-Drama nehmen wir uns die Olympischen Spiele vor: Gedopte Sportler sterben und verwandeln sich in Zombies. Muskelbepackte, voll austrainierte Zombies machen Jagd auf Menschen. Das wäre ein Film, der auch Kritikern gefallen könnte. Die stehen auf kapitalismuskrichtische Subtexte in Filmen. Möglicher Titel: »Fleisch und Spiele« - Aber zurück zu unserem jetzigen Projekt: Wie wäre es mit einem Kinderbuch? Ich habe eine Idee: Ein Mädchen freundet sich mit einem verletzten weißen Hai an. Diesem führt sie Leute, die sie nicht leiden kann, als Beute zu. Der Hai ist dankbar und zeigt dem Mädchen die Geheimnisse der Unterwasserwelt."

Radbert: „Den Kindern würde ein derartiges Werk sicher gefallen. Aber die Eltern kaufen die Bücher. Und die wollen ihren Nachwuchs nicht auf dumme Ideen bringen."

Lino: „Dann mal was ganz anderes. Es gibt ja eine Inflation der Bücher. Jeder schreibt heutzutage Romane, und wenn nicht, dann bringt er wenigstens einen Gedichtband auf den Markt. Und wer das nicht macht, der malt Bilder oder versucht sich an Skulpturen. Mein Vorschlag: Wir schreiben ein Buch über den letzten Menschen, der noch kein Buch geschrieben hat und auch sonst nicht künstlerisch auffällig geworden ist.. Die Leute wollen wissen, was diesen Freak bewegt. Einer, der sich nicht mitteilen will; weder mit Worten noch mit anderen künstlerischen Werken, hat doch sicher interessantes zu erzählen."

Sturmhorst ; „Ja, das hat was. Aber wie kann man sich in so einen Freak hineinversetzen? Da wäre es doch leichter ein Buch über das Innenleben eines Außerirdischen zu verfassen. Andere Vorschläge?"

Ozias: „Eine Teenager-Lovestory.
Der Schauplatz des Geschehens ist der berüchtigte walisische Ort Llanfairpwllgwyngyllgogerychwyrndrobwllllantysiliogogogoch. Ein Mädchen lernt bei einem sportlichen Wettkampf einen Jungen kennen, in den sie sich verliebt. Nach einigen Irrungen und Wirrungen kommt es zum Happy-End. Der Titel: »Ein Mädchen aus Llanfairpwllgwyngyllgogerychwyrndrobwllllantysiliogogogoch wird bei der örtlichen Flussschwimmmeisterschaft Vorletzte, gewinnt aber trotzdem doppelt.« Der Gag besteht darin, dass bei der angesprochenen Flussschwimmmeisterschaft nur zwei Teilnehmer dabei waren und der andere Teilnehmer der heiße Boy war, den sie dann abschleppt."

Radbert: „Der Inhalt ist ziemlich konventionell. Na gut, der Inhalt ist gar nicht so wichtig. Der Titel ist das wichtigste. Wir brauchen einen Titel mit Shitstormgarantie. Die meisten Bücher saufen ab, weil sie keine Aufmerksamkeit bekommen. Wenn wir Bücher verkaufen wollen, dann müssen wir die Leute gegen uns aufbringen."

Sturmhorst: „Schade, dass es den Index der verbotenen Bücher nicht mehr gibt. Ich kenne da ein paar Leute vom Opus Dei. Wenn wir denen eine Spende zukommen lassen, dann hätten sie doch beim Papst ein gutes Wort in unserem Sinne einlegen können. Aber vielleicht können wir sie zu scharfen Protesten ermuntern."

Lino: „Vergiss es! Deren Ansprüche sind weit höher als unsere finanziellen Möglichkeiten. Wir brauchen eine Gegnerschaft, die wir nicht erst kaufen müssen. Gegner, die ohne finanzielle Interessen handeln. Die Gender-Anhänger sind in der Hinsicht vorbildlich. Hochengagiert erzeugen sie einen Hype um das

Buch - und das vollkommen unentgeltlich. Wer solche Feinde hat, der braucht keine Werbung mehr."

Ozias: „Komisch, dass die Gegner dem gehassten Werk so zuarbeiten. Dass die das nicht merken?"

Lino: „Ich denke schon, dass die das wissen oder zumindest ahnen. Aber das wird verdrängt. Es ist halt wichtiger die richtige Gesinnung und die Zugehörigkeit zur Gruppe der Anständigen zur Schau zu stellen. Und wenn das gehasste Buch sich gut verkauft, kann das als Bestätigung gesehen werden, dass der Kampf wichtig sei, da die Gegnerschaft so zahlreich ist. Kurz und gut:
Bücher werden bedenkenlos hochgeshittet."

Sturmhorst: „Also gut. Der Titel muss knackig und polarisierend sein.. Die Reaktionen müssen von Begeisterung bis hin zu empörter Ablehnung reichen. Wir müssen die Sache professionell angehen. Sonst geht es uns so wie den bedauernswerten Hobby-Schriftstellern, die glauben die Welt mit ihren wichtigen Einsichten beglücken zu müssen. Die, nachdem sie feststellen müssen, dass kein Schwein Interesse hat, verzweifelt die Preise senken. Und schließlich ihre Werke gratis offerieren. Um dann festzustellen, dass gratis immer noch zu unattraktiv ist. Bald werden sich die ersten hinstellen und jedem Passanten, der ihr Buch nimmt, ein paar Euros in die Hand drücken."

Lino: „Mitleidserregend solche Lebens- und Autorenkarrieren: in der Jugend erste sexuelle Erfahrungen durch abgetrotzten Mitleidssex und später im Leben dann ein bisschen Buchabsatz durch Mitleidskäufe von Omi und Opi; im Alter muss dann bezahlt werden."

Ozias: „Wenn der Inhalt nicht so wichtig ist, dann könnten wir ihn uns doch gleich sparen. Wir nennen das Buch »What is it like to be a Leiche?« und lassen es aus leeren Seiten bestehen. Das hat etwas philosophisches, den Leser, oder vielmehr die Nichtleser zum Denken anregendes."

Radbert: „Leerbücher hat es schon öfters gegeben. Und wenn du Bücher übers Totsein machen willst, dann was optimistisches! So in die Richtung: Nach dem Tod geht die Post so richtig ab."

Lino: „Also gut. Doch ein Buch über Männchen und Weibchen. Vielleicht nennen wir es »Frauen, ihr seid Opfer!«"

Radbert: „Das ist gut. Jeder will ein Opfer sein, aber keiner will so bezeichnet werden."

Ozias: „Dagegen lege ich mein Veto ein. Männer müssen auch ihr Fett abbekommen. Vielleicht mit einem Untertitel: Männer, ihr seid die Täter. Oder so."

Sturmhorst: „Ach, immer dieses Täter-Opfer-Schema. Das gefällt mir nicht. Der Mann als absolutes Wesen, die Frau als bedingtes, getriebenes Wesen. In philosophischen Dialogen werden Determinismus und so gerne bemüht, aber wenn es gerade in den Kram passt kommt man mit der Schuld-und-Sühne-Keule daher. Der Mann ist kein Gott mit Krawatte. Auch er kann keine absoluten Anfänge machen, sondern hängt im Geflecht der Welt fest, wie alles was da kreucht und fleucht."

Ozias: „O.K., dann lautet der Untertitel halt »Männer, ihr seid noch nicht mal zur Täterschaft in der Lage«."

Lino: „Ja, das ist gut. Damit können wir zweigleisig fahren. Zuerst verkaufen wir das Buch an die Männerrechtler, während sich die Feministen erregen, und wenn dann die Verkaufszahlen zurückgehen, treten wir auf den Plan und behaupten wir seien in Wirklichkeit Feministen und das Buch sei als gelungene Satire aufzufassen. So können wir an neue Käufergruppen kommen. Schließlich leben wir in Zeiten der unverbindlichen Beliebigkeit. Es ist nicht so wichtig was geschrieben wird, sondern von wem es geschrieben wird. Derselbe Text wird vollkommen unterschiedlich aufgenommen. Herrliche Ironie oder rückständiges Gedankengut: Auf den richtigen Stallgeruch kommt es an."

Sturmhorst: „Um es uns mit den Katholiken und Sprachschützern nicht als Empörtengruppe zu verderben, schlage ich vor den Titel etwas zu erweitern und nicht zu sparsam mit Satzzeichen umzugehen. »Frauen und Katholiken - ihr seid voll die Opfer, ey!« Untertitel: »Männer - ihr seid noch nicht mal zur Täterschaft in der Lage!!!!« hört sich gut an."

Lino: „Einverstanden."

Radbert: „Einverstanden."

Sturmhorst: „Na, dann ist das Schwierigste geschafft."

Ozias: „Ich lege mein Veto ein. Ich will nicht an ein Elektroauto angebunden werden und dann durch die Gegend geschleift werden."

Sturmhorst: „Na toll. Vorher warst Du noch dafür. Wenn das so weitergeht, dann können wir unser Projekt in die Tonne kloppen und müssen unseren Lebensunterhalt wieder mit schweißtreibenden Arbeiten wie Putzen oder scheißtreibenden Arbeiten wie Dachdecken bestreiten."

Lino: „Warum schreiben wir keinen Ratgeber? »Nieder mit der Dicktatur«?"

Ozias: „Da weiß man nicht von was die Rede ist. Wer mit starken amerikanischen Einflüssen sozialisiert wurde, wird denken, Dicktatur sei ein Synonym für Phallokratie. Die anderen werden an die Herrschaft der Vollschlanken denken. Mit ersterem sind wir wieder im heiklen Mann-Frau-Bereich, mit zweitem im Body-Shaming-Bereich, der etwas harmloser ist, aber weniger Leser bringt."

Sturmhorst: „Andere Vorschläge?"

Radbert: „Titel: »Läuft bei mir« Untertitel: »Ein erfolgreiches Leben trotz Inkontinenz«"

Lino: „Gefällt mir. Selbstironische Doppeldeutigkeit. Man könnte sogar noch einen Schritt weitergehen und den Untertitel: »Ein erfolgreiches Leben wegen Inkontinenz« wählen. Falsche Freunde verabschieden sich und man hat Zeit sich um die wirklich wichtigen Dinge zu kümmern."

Sturmhorst: „Ich bin nicht so begeistert von Ratgebern. Wir müssten recherchieren und das ist viel Arbeit. Besser wir schreiben etwas, das weniger arbeitsintensiv ist."

Radbert: „Über was lesen die Leute am liebsten? Über Leute, die so sind wie sie – nur etwas freakiger und kaputter. Wir lassen Leute über ihre Hobbies plaudern."

Sturmhorst: „Das ist gut. Und wir nennen das Buch »Steinalte, schneeweiße, hochprivilegierte Männer packen aus.«"

Ozias: „Ausschließlich Männer sind öde. Wir müssen auch Frauen dazunehmen."

Sturmhorst: „Kein Problem. Der alte, weiße Mann ist eine Chiffre. Damit können auch Frauen alte, weiße Männer sein. So können wir unter die toxische Männlichkeit eine Prise toxische Weiblichkeit mischen."

Lino: „Das hört sich noch etwas dünn an. Wir müssen das ganze noch etwas aufpeppen. Märchen sind momentan stark im Kommen."

Radbert: „Ja, die Leute sind es leid sich von Comedy-Sendungen, die in Dauerschleife im Fernsehen laufen, benebeln zu lassen. Ablachen bis der Arzt kommt. Die wollen auch mal etwas Realität in der Form von Märchen in ihre Lebenswelt tröpfeln sehen."

Sturmhorst: „In geringen Dosen, gut eingebettet in fiktive Geschichten, schadet Realität wohl nicht. Nachdem wir in den Steckenpferd-Geschichten auf sozial deviante Verhaltensweisen eingegangen sein werden, widmen wir uns beim Märchenerzählen dem Thema Nacktheit. Wir schreiben »Des Kaisers neue Kleider« um. Im Fall einer Verfilmung machen wir aus dem Kaiser eine Kaiserin. Das bringt mehr Quote. Dann mal ran ans Werk"

Menschen und ihre Steckenpferde

Der Ekelweihnachtsmann

Die Horrorclowns werden, nachdem Halloween dieses Jahr Geschichte ist, weniger. Das offenbart einen gewissen Konformismus dieser Spezies.

Überhaupt Halloween: Ich habe nie verstanden, warum sich Senioren darüber aufregen. Nicht meckern, sondern einen Gegenschlag ausführen, sollte die Devise sein. Warum rotten sich ältere Mitbürger nicht an einem bestimmten Tag zusammen, um dann ihrerseits Leute zu belästigen? Herumkrakeelen und an Türen klingeln, um dann „Hochprozentiges oder Dünnflüssiges" zu schreien, wenn jemand öffnet. Diese Drohung wäre dann doch so substanziell, dass die Leute die Forderung nicht abschlagen würden. Ich bin eigentlich noch nicht im Seniorenalter, könnte aber aussehensmäßig ohne weiteres mithalten. (Siehe Hobbys weiter unten)

Ich bin nicht gerade der Schnellste und so habe ich den Horrorclown-Trend verschlafen. Dabei hätte ich gerne mitgemacht, denn neben Rauchen und Trinken zählen sozial deviante Verhaltensweisen zu meinen Hobbys. Nun gut, mit dem Rauchen habe ich mal Schluss gemacht, habe aber dann wieder begonnen als die Sammelbilder auf den Packungen aufgedruckt wurden. Man kann mich leicht ködern.

Ich könnte jetzt als verspäteter Horrorclown oder als verfrühter Horrorweihnachtsmann durch die Gegend ziehen. Aber schocken hat irgendwie seinen Reiz verloren. Es ist inflationär geworden. Es gibt Schockwahlen und Schockpräsidenten, die aus selbigen hervorgehen. Als Horrorclown wäre ich heutzutage zu einem traurigen Schattendasein verdammt. So habe ich beschlossen ein Ekelweihnachtsmann zu sein. Jemand, der mit wirrem Haar, vollgesabbertem Bart und mit vollgekotzter Weihnachtsmannkleidung durch die Gegend schlurft. Warum ich das mache? Das weiß ich nicht. Ich will mich auch gar nicht ergründen. Ich verlagere mich ins Außen. Sollen doch andere Menschen Theorien aufstellen. Sollen glauben, ich sei ein frustrierter, einsamer Mann, der auf diese Weise Rache an glücklichen Menschen nehmen will, oder sollen glauben, ich sei jemand der gegen die kommerzielle Ausbeutung des Weihnachtsfestes protestiert. Oder sollen sie doch glauben ich sei geisteskrank. Vielleicht ist das richtig. Ich mache gerne sinnlose Sachen. Erst gestern trat ich an der Supermarktkasse jemandem mit einem randvoll gefüllten Einkaufswagen mit den Worten „Ich habe nur ein Teil. Bitte gehen sie nach vorne!" meinen Platz ab. Ich musste zwar lange warten, bis ich dann zum Bezahlen kam, aber die Verblüffung, die ich damit auslöste, war es mir wert.

Enttäuschungen bereichern das Leben

Mein Name ist Anna P.. Wohnhaft bin ich in L., was in Bayern liegt. Geboren bin ich in C., was zur Zeit meiner Geburt noch in der DDR lag. Meine Eltern haben dann nach der Wende rübergemacht und mich, da ich noch ein Kind war, mitgenommen. Es gefällt mir an meinem neuen Wohnort ganz gut, wenn man mal von den Leuten und der Sprache absieht. Ich bin da wohl nicht die einzige Zuagroaste - wie man hier zu Einwanderern aus anderen Bundesländern zu sagen pflegt - die mit dem Dialekt und regionalen Ausdrücken zu kämpfen hat. Das geflügelte Wort: „Wer anderen einen Gockel brät, der braucht ein Broilerbratgerät.", verdankt seine Entstehung wohl einem innerdeutschen Migrantenschicksal.

Nun labere ich mir einen ab, wo ich doch hier von meinem Steckenpferd erzählen soll. Gut, dann will ich mal Farbe bekennen: Ich bin Enttäuschungs-künstlerin. Es bereitet mir ungemeines Vergnügen in Menschen Hoffnungen zu erwecken und sie dann mit einem metaphorischen Kinnhaken zu Boden zu schlagen.
Ich agierte früher nach der Arbeit meist im Internet. Da war ich meist in Single-börsen aktiv um Männer anzuheizen, ein Treffen zu vereinbaren und sie dann zu versetzen. Ich hielt mich dann natürlich auch in der Nähe des Treffpunkts auf, um das zunächst hoffnungsfrohe und dann immer enttäuschter werdende Ge-sicht des Versetzten genießen zu können.
Wie schon gesagt, lasse ich das jetzt weitgehend sein. Männerbekanntschaften mache ich gegenwärtig lieber im wirklichen Leben. In einer Bar suche ich mir meistens einen hässlichen Typen aus, unterhalte mich mit ihm, mache ihm Hoffnung, mache ihn scharf, gehe mal kurz aufs Klo und bin dann weg.
Das Internet nutze ich gegenwärtig vor allem um mich an talentlose Schreiber-linge heranzumachen. Ich nehme Kontakt zu ihnen auf, lüge ihnen das Blaue vom Himmel ob ihrer Schreib- und Dichtkunst; nach einiger Zeit erkläre ich ihnen dann, dass ihr Geschreibsel dann doch nicht so toll ist, oder, dass ich sie

mit einem anderem Autor verwechselt hätte. Auch als Verlag habe ich mich mal ausgegeben und den Schreibnieten einen gutdotierten Vertrag in Aussicht gestellt. Aber davon bin ich wieder abgekommen, weil ich bei diesem Vorgehen rechtliche Schwierigkeiten befürchte.

Das sind langfristige Projekte. Ich gönne mir zwischendurch ein paar Enttäuschungsquickies. Ich habe mir ein paar Spielgeldscheine zugelegt, die bei flüchtiger Betrachtung wie echte Geldscheine aussehen. Die lege ich ein paar Schritte neben den Weg und setze mich auf eine in der Nähe befindliche Parkbank. Die Spaziergänger eilen zum Schein, sobald sie ihn erblickt haben, nehmen ihn auf und sind enttäuscht. Manche murmeln „Scheiße", Jüngere auch „Fuck". Die meisten Aufheber legen den Schein dann wieder so hin, wie sie ihn vorgefunden haben, damit es den Nachfolgenden nicht besser ergehe als ihnen selbst.

Die meisten Aktivitäten von mir sind Allerweltsaktionen. Meinen künstlerischen Anspruch leite ich aus den Details der Inszenierung ab.

Eine ungewöhnliche Aktion möchte ich aber zum Besten geben: In der Nähe meines Wohnortes suchen Leute in einem Fluss nach Gold. Sie stehen da stundenlang siebend im Flussbett der Isar. Ich habe mir die Stellen gemerkt an denen sie bevorzugt sieben. In der Nacht habe ich dann ein paar Kügelchen mit Goldfarbe überzogenes Blei an den Stellen versteckt. Am nächsten Tag picknickte ich in der Nähe. Schon gegen Mittag hörte ich freudig erregtes Geschrei. Die haben wirklich geglaubt sie hätten Gold gefunden und einen mords Radau veranstaltet. Ich hätte gern ihre Gesichter gesehen als sie die Wahrheit erfahren haben. Aber da muss ich mich, wie auch bei einigen anderen meiner diesbezüglichen Tätigkeiten, mit meiner Phantasie zufrieden geben.

Schon in meiner Kindheit ritt ich das Enttäuschungspferd. Ich malte stundenlang Bilder, beispielsweise Portraits meiner Eltern. Die schenkte ich ihnen dann. Wenn sie sich freuten nahm ich das Bild und zerriss es mit der Begründung, dass es doch nicht so gut sei. Meine Eltern waren dann enttäuscht, was mir ein Lustgefühl bereitete. Es war keine freudige Lust, nein, es war eine schmerzvolle, wehmütige Lust. Auch heute empfinde ich, wenn ich Erfolg habe kaum Schadenfreude. Es ist eher eine elegisches Freude.

Timo und Fäustchen

Unser Name tut nichts zur Sache, unser Wohnort ist irrelevant. Seit ungefähr fünf Jahren führen wir eine lockere Beziehung. Zusammengeführt hat uns ein Problem. Genauer gesagt: ein Brustproblem. Wir sind sozusagen Busenfreunde.
Ich leide seit frühester Kindheit an Gynäkomastie. Meine Freundin hat ein Gegensätzliches, also sehr ähnliches Problem. Sie füllt weder Dirndl noch BHs aus.
Sie können sich sicher vorstellen, welchen Beschimpfungen und Erniedrigungen wir jeweils aufgrund unserer körperlichen Mängel in der Schule ausgesetzt waren. Am schlimmsten war der Schwimmunterricht. Um es kurz zu machen, ich spreche jetzt mal für mich: Ich habe viel gelitten in meiner Kindheit. Sogar so viel gelitten, dass die Demütigungen eine Süße gewannen. Nach Jahren des Leids hatte sich meine Psyche gewandelt. Ich empfand die mir angedachten Verhöhnungen als lustvoll.
Diese Süße wurde mir mit dem Schulabgang entzogen. Ich fand das empörend. Gerade da ich Freude am Leben gewonnen hatte, wurde mir mein Freudenspender wieder weggenommen. Ich unternahm einiges um in das mir versperrte Reich zu gelangen. Ich schlenderte oben ohne in Freibädern herum. Doch nennenswertren Erfolg hatte ich damit nicht. Ich erntete nur mitleidige Blicke und verschämtes Weggucken. Auch nicht schlecht, stellt doch beides eine Form der Degradierung dar; aber nicht ganz das, was ich wollte.

Dann, vor ungefähr fünf Jahren, lernte ich meine Freundin kennen. Wir erahnten uns bei der ersten Begegnung. Es ist schwer zu beschreiben. Man merkt an der Sprache, am ganzen Verhalten: Dieser Mensch, der jetzt vor mir steht, hat dasselbe Schicksal durchgemacht wie ich. Durch diese schicksalhafte Begegnung kam mein Leben doch noch auf eine glückliche Bahn.

Wir nennen uns Tittenmonster und Mäusefäustchen. Das waren unsere Spitznamen in der Schule; die haben wir als Steckenpferdname beibehalten. Unsere Lieblingsbeschäftigung sind öffentlich vorgenommene Rollenspiele im Demütigungsbereich. Meistens spielen wir „böses Monster – lachendes Fäustchen".
Ich spiele dann den Hardcoremacho, der das arme Fäustchen auf eine sehr unflätige Weise angräbt und auch betatscht. Das bedrängte Fäustchen wehrt sich dann, indem es an meinem Hemd reißt. Das Hemd öffnet sich und gibt den Blick

auf meine Titten frei. Das gedemütigte Monster schlurft dann mit gesenktem Kopf von dannen.

Das Publikum ist von diesem Schauspiel regelmäßig sehr angetan. Wir haben schon Johlen und Gröhlen erlebt, ebenso wurde ich schon mit diversen Schimpfworten belegt. Einmal sogar mit „Tittenmonster". Am liebsten hätte ich dem Beleidiger zu diesem passenden Ausdruck gratuliert, aber ich musste mich ja gedemütigt davonschleichen.

Bei der Auswahl des Publikums braucht man psychologischen Sachverstand. Bei unsachgemäßer Publikumsauswahl kann es vorkommen, dass die Spielszene schon im Anfangsstadium durch Beschützermänner, die mir mitunter auch eine Reinhauen, unterbrochen wird. Auch das Geschlagen werden stellt eine Demütigung dar, aber nach körperlichem Schmerz habe ich kein Verlangen.

In physischer Hinsicht ungefährlicher ist das Strandspiel, weil dem überraschten Publikum nicht genug Zeit bleibt um nennenswerte Aggressionen aufzubauen.

Meine Freundin trägt dabei einen Bikini mit ausgestopftem Oberteil. Ich, bekleidet mit Badehose und T-Shirt, nähere mich von hinten, öffne und entferne das Oberteil. Sie dreht sich um und fetzt mir mein T-Shirt vom Leib. (Das T-Shirt wird vorher von mir so bearbeitet, dass es sich problemlos wegreißen lässt.) Sie steht dann flach wie ein Bügelbrett, ich mit wackelnden Titten in der Gegend herum; gemeinsam und gierig saugen wir die Verachtung des anwesenden Publikums auf.

Die Situation ist reizvoll, weil sie den Inszenierungscharakter des Dargebotenen für das anwesende Publikum durchschaubar macht. Bei einer derartigen Konstellation geht niemand von einem Zufall aus. Wir offenbaren uns damit nicht nur als körperlich Missgestaltete; auch als geistig Missgestaltete geben wir uns zu erkennen. Somit hat keiner mehr Hemmungen uns auszulachen.

Es gibt auch Betätigungen, in denen wir unser Schauspiel von Beginn an offen legen. So führt mich meine Freundin manchmal Gassi. Ich, nur mit einer Windel und einem Hundehalsband angetan, habe dann ihren Befehlen Folge zu leisten.

Derartige Sachen kann man allerdings nur in Städten, die vom Wohnort weit entfernt liegen, und noch besser im Urlaub, in fremden Ländern, durchziehen. Denn es wäre sehr ungünstig für uns, wenn wir erkannt würden. Ich, als stellvertretender Schuldirektor einer Grundschule, und meine Freundin, als Prokuristin in einem hier ansässigen Unternehmen, haben einiges an Reputation zu verlieren.

Der Blockuniversumneurotiker

Mein Name ist Günther P.. Mein Steckenpferd – nennen wir es einmal so – ist Blockuniversumneurotizismus.

Um das verständlich zu machen, muss ich ausholen. Ich verbrachte eine ganz normale Kindheit und Jugend. Teddys, Spielzeugeisenbahn, Knutschen, Petting, usw. Ich machte den Realschulabschluss, danach eine Tischlerlehre. Den Tischlerberuf übe ich auch heute noch aus. Ich heiratete; die Ehe brachte zwei gesunde Kinder hervor.

Ich war zufrieden mit mir und dem Universum. Bis ich eines Tages ein Sachbuch über Physik las. Das bereue ich. Ich weiß nicht, was mich dazu getrieben hat. Ich war doch glücklich mit meinem Fernsehgerät. Nun, es ist passiert. Das meiste in diesem Buch interessierte mich nicht. Doch ein Kapitel, das ganz harmlos mit „Das Blockuniversum" überschrieben war, hat mich erschüttert. Ich wurde aufgeklärt, dass meine bisherige Sicht auf das Universum falsch ist. Ich hatte bis dahin die Überzeugung, dass das Gestern nicht mehr ist, und das Morgen noch nicht, gehabt. Doch diese Sichtweise sei falsch: Das Vergangene ist nicht vergangen, das Zukünftige ist auch schon da.

Ich glaubte das selbstverständlich nicht sofort. Ich besorgte mir Bücher über das Universum, die Zeit, die Relativitätstheorie, die Quantenmechanik und noch vielmehr Zeugs und studierte diese mit dem Eifer des Wissenwollenden. Nach und nach kam ich zur Gewissheit, dass mich das Buch nicht belogen hatte. Wir leben in einem Blockuniversum. Vergangenheit, Gegenwart und Zukunft sind eine Täuschung: Das ganze Universum ist da. Zeitlos.

Alle Momente meines Lebens sind in diesem Universum konserviert. Auch die Peinlichen: Ich stehe mit heruntergerutschter Hose in der Ewigkeit. Auch die Zukunft ist immer da: Ich sterbe ständig. Es ist ein empörendes Universum.

Mein Steckenpferd ist ein Aufstand gegen unser Universum. Ich weiß selbst am besten, dass es ein hoffnungsloser, lächerlicher Aufstand ist. Gegen das Universum kann man nichts ausrichten, aber ich kann mein Wohlbefinden verbessern.

Um meine psychologische Befindlichkeit aufzumöbeln, zerschmettere ich gerne Flaschen auf der Straße. Für einen vierzigjährigen Mann ist das eine ungewöhnliche Betätigung. Ich zerstöre auch andere Dinge gern. Im Moment der Zerstörung fühle ich mich als Nichtsmacher; als Jemand, der diesem ewigen Universum ein Schnippchen schlägt.

Lange hält die Hochstimmung nicht an. Die Tristesse der Zeitlosigkeit nimmt mich wieder gefangen.

Abends gehe ich immer in den Keller. Ich habe mir da eine Holzfigur errichtet. Sie stellt Gott dar. Auf einem kleinen gebrechlichen Körper sitzt ein großer Kopf mit einem riesigen Auge. Das Auge Gottes. Es sieht den gesamten zeitlosen Kosmos. Ein Ausblick, der uns Menschen, als Gefangene des Universums, verwehrt bleibt. Ein Blick, der an Schamlosigkeit nicht mehr zu überbieten ist. Ich stelle mich also jeden Abend vor die Gottesskulptur und onaniere. Das kann ich machen, weil meine Frau den ehelichen Sex eingestellt hat. Ich sei sehr seltsam geworden in den letzten Jahren, meint sie. Wir bleiben nur noch wegen der Kinder zusammen.

Meine Spermaladung verpasse ich dem Auge Gottes.

Der Unschärfe-Mörder

Ich bin Werner H. aus W.. Meine Freizeit habe ich dem unbestimmten Unschärfemord geweiht. Sooft ich Zeit habe, reise ich in exotische Länder. Industrienationen sind für mich nicht geeignet. Es müssen Länder sein, die sich jenseits unseres medialen Wahrnehmungshorizonts befinden, denn sonst wäre es möglich, dass ich eines Tages etwas über meine Taten in der Zeitung lese, oder möglicherweise sogar im Fernsehen sehe und höre.

Ich verbringe also ganz normal meinen Urlaub in diesem Land, gehe Baden, schaue mir die Gegend an. Auch Entwicklungsländer haben einiges an Sehenswürdigkeiten zu bieten.

Am letzten Tag meines Aufenthalts begehe ich einen Mordanschlag, der sich gegen einen unbestimmten Personenkreis richtet, und dessen Ausgang für mich unscharf bleibt. Denn ich reise ab und besuche dieses Land auch nicht wieder.

Meine Attentatsszenarien variiere ich. Ich habe schon die Balken eines Geländers, das einen Weg von einer Schlucht trennt, angesägt. Mir kam diese Idee, als ich sah, dass sich Menschen an ebendieses Geländer lehnten und besonders Wagemutige sich sogar draufsetzten.

Meistens entwickle ich meine Pläne erst am Urlaubsort. Nur manchmal habe ich schon bei der Anreise ein feststehendes Szenario im Kopf. Wie bei meinem Giftattentat. Ich hatte das Gift bereits bei meiner Ankunft im Koffer und den Plan im

Kopf. Ich musste mir am Urlaubsort nur noch eine sündteure Flasche Sekt kaufen, das Gift durch den Korken injizieren und die Flasche dann irgendwo vergessen.

Ich hatte das ganze Leben - meist unbestimmte - Schuldgefühle. Lag wohl an meiner streng katholischen Erziehung. Die Erbsünde, die Verkommenheit des Menschen, das volle Programm halt. Schuldgefühle waren meine ständigen Begleiter. Manchmal konkretisierten sich die Schuldgefühle: Wenn ich Nachbarn nicht gegrüßt hatte, oder wenn ich etwas kaputt gemacht hatte. Dann wusste ich, warum ich ein schlechtes Gewissen zu haben hatte. Aber meist blieben meine Schuldgefühle grundlos. Ein Schatten der auf allen Dingen lag.

Sie sind jetzt konkreter. Ich weiß jetzt, was ich letzten Sommer angerichtet haben könnte. Ich kann mir Gedanken machen, mit welcher Wahrscheinlichkeit meine Handlungen zum Tod von Unschuldigen geführt haben.
Ob ich mich als Mörder fühle, oder nur als erfolgloser Mordversucher, hängt von meiner Tagesform ab. An schlechten Tagen verfluche ich mich als heimtückischen Mörder. An guten Tagen suggeriere ich mir, dass doch alles nicht so schlimm sei. So dilettantisch ausgeführte Versuche können doch nicht wirklich zum Tod von Menschen geführt haben.
Wenn ich die Möglichkeit dazu hätte, würde ich Atomraketen auf andere Sonnensysteme schießen. Die Wahrscheinlichkeit andere Lebewesen zu töten, wäre sehr gering, aber nicht null. Das wäre eine Aktion die weit über meine Lebenszeit hinausreichte, denn de Rakete wäre tausende Jahre unterwegs.
Ich fühle mich heute besser als in meiner Jugendzeit.

Beschissen I

Mein Name ist K. Dampfe. Sie sehen, ich breche mit der Tradition der Steckenpferdler, den Vornamen auszuschreiben und nur den ersten Buchstaben des Familiennamens zu verraten. Denn ohne Kenntnis des Nachnamens ist meine Geschichte nicht zu verstehen.

Mein Hobby ist das Scheißen. Sie werden einwenden, dass der Stuhlgang ein natürliches Bedürfnis sei, eine Lebensnotwendigkeit gar.

Sie haben selbstverständlich Recht. Also sehe ich mich gezwungen meine Tätigkeit zu präzisieren. Man könnte es Kunstscheißen oder Risikoscheißen, manchmal auch Kampfscheißen, nennen. Denn ich mache nicht in Toiletten, sondern an ungewöhnlichen Orten. Bei meinen Geschäften setzte ich mich erheblichen Entdeckungs- und manchmal Absturz-Risiken aus. Denn ich arbeite zuweilen in großer Höhe und mit kleinem Zeitfenster.

Wenn ich wirklich Abstürzen würde, dann brächte mir das wahrscheinlich eine Nominierung für den Darwin-Award ein.

Mein Steckenpferdschicksal begann in der Schule. Wir hatten einen Deutsch-Lehrer der Wortspiele liebte. Immer, wenn von einer halbwegs attraktiven Moderatorin die Rede war, sagte er: „Die Maus mit der Sendung". Wobei er sich in diesem Fall mit fremden Federn schmückte. Dieses Wortspiel hatte er in irgendeiner Zeitung gelesen und plapperte es nur nach. Wie er auch die meisten seiner Ergüsse, die er vor der Klasse zum Besten gab, irgendwo aufgeschnappt hatte. Wirklich originär ist wohl nur ein Satz. Und dieser Satz hat mein Leben ruiniert.

Als ich nach der Pause mal ein paar Minuten zu spät zum Unterricht erschien, sagte er vor der Klasse: „Die Dampfe ist wohl mächtig am Kacken."

Das stimmte gar nicht. Ein anderer Lehrer hatte mich mit ein paar Fragen bezüglich eines Referats, das ich halten sollte, aufgehalten.

Die Klasse johlte.

Am nächsten Tag kannte die gesamte Schule den Satz. In der Pause sahen immer wieder tuschelnde Schüler zu mir rüber und lachten dabei. Hätte ich darauf souverän reagiert, dann wäre die ganze Sache schnell verebbt. Ich reagierte aber betroffen und gab so einen Hinweis darauf, wie man mich schikanieren kann.

Ich kam nie mehr zu spät. Achtete immer darauf, pünktlich zu sein. Nahm im Winter wegen der Straßenverhältnisse extra einen Bus mit früherer Abfahrtszeit um rechtzeitig zum Unterrichtsbeginn anwesend zu sein.

Es half alles nichts. Der Satz war in der Welt, und klebte so hartnäckig an mir wie Scheiße am Schuh. Wenn ich irgendeinen Fehler machte hieß es: „Geh doch zum Kacken".

Ständig mit Körperausscheidungen in Verbindung gebracht zu werden, schlug mir auf die Seele. Wenn ich an der Tafel rechnete, machten Mitschüler Furzgeräusche. Es war die Hölle. Mein Notendurchschnitt verschlechterte sich immens. Die Schule war auch gar nicht mehr wichtig für mich. Nur noch eines war für mich von Interesse: Ich strebte nach absoluter Darmkontrolle.

Meine Oberschenkel sind durchtrainiert wie bei einem Ski-Abfahrtsläufer und mein Schließmuskel strotzt vor Kraft. Bei den Oberschenkel liegt das mehr am Radfahren als am Defäkieren. Denn meine Aktionen sind von kurzer Dauer. Länger als drei Sekunden brauche ich meine Kack-Hocke nicht zu halten. Meistens geht es noch rascher. Denn ich warte mit dem Defäkieren bis ich das Gefühl habe, dass ich platze.

Ich habe schon von Hochhaus-Dachterrassen, aus Fenstern, von Brücken, geschissen. Auch in Beichtstühlen bin ich schon zur Sache gekommen – angeregt durch einen Witz.

Auch Kleidung ist vor mir nicht sicher. In Bekleidungsgeschäften nehme ich mir ein paar Hosen zum Anprobieren in die Umkleidekabine. In einer hinterlasse ich mein Häufchen, hänge sie dann wieder auf den Ständer und verlasse den Laden. In diesem Fall ist es wichtig, nur kleine Mengen zu defäkieren und den Kot möglichst geruchlos zu halten. Ich habe einen Ernährungsplan, der sich an meinen geplanten Aktionen ausrichtet.

In meiner Handtasche befinden sich Feuchttücher zum Säubern, eine Gummihose, die ich zwecks Geruchsunterdrückung über meine normale Hose streifen kann, wenn etwas in die dieselbe ging – wie schon gesagt, ich operiere meist in Bereichen der maximalen Darmfüllung. Da liegen zwischen Erfolg und Misserfolg oft nur ein paar Sekunden. Außerdem befindet sich in meiner Handtasche ein Rock um damit die Gummihose zu verdecken, wenn diese nötig geworden ist. Glücklicherweise ist dies nicht häufig der Fall.

Seltsamerweise stand noch nichts in der Zeitung von meinen Aktionen. Es steht doch sonst so viel Nebensächliches geschrieben. Vielleicht gibt es eine Vereinbarung – wie im Fall von Suizidhandlungen – nicht darüber zu berichten um Nachahmungstäter nicht zu animieren.

Ich habe die Adresse des Lehrers, der die ganze Sache ins Laufen gebracht hat, ausfindig gemacht. Er lebt in einem Einfamilienhaus, zu dem ein gepflegter Garten gehört. In diesen Garten setzte ich nachts schon einen extra stinkenden Haufen. Ich bin sicher, dass der Idiot nicht weiß, von wem er stammt. Der hat die ganze Sache schon längst vergessen.

Ich fühle mich nach einer gelungenen Aktion fantastisch. Das liegt einerseits an der Entspannung des Darms und Bauchs, andererseits am Adrenalinkick.

Beschissen II

Mein Name ist Heinz P. Von Beruf war ich lange Zeit Kaffeefahrtanimateur. Heute bestreite ich meinen Lebensunterhalt aus erspartem und geerbtem Vermögen. Arbeiten habe ich nicht mehr nötig. Ich spiele zum Zeitvertreib ein bisschen mit Aktien und Optionsscheinen herum.
Mein Hobby würden Psychologen wahrscheinlich als koprophilen Masochismus bezeichnen. Ich bezeichne es nicht so. Vor allem, weil mir diese Benennung zu sehr in die medizinisch sexuelle Richtung geht. Für mich ist das Beschissen werden vor allem ein metaphysisches Erlebnis. Weniger ein sexuelles. Ich gestehe, dass es im Hintergrund auch eine sexuelle Komponente gibt, vor allem wenn ich vom weiblichen Geschlecht beschissen werde, aber im Vordergrund steht ein spirituelles Erleben.

Ich besitze ein kleines Gartenhäuschen mit mittelgroßem Grundstück an einem Waldrand. Es liegt an einem Kiesweg, der im Sommer durch Wanderer, Nordic-Walker und Radfahrer stark frequentiert wird. Der Kiesweg ist lang und ohne nennenswerte Deckung. Dieser Umstand führte dazu, dass die Umgebung meines Grundstücks, also da wo sich der Weg dem Wald näherte, als gute Defäkierlokalität gesehen wurde.

Spaziergänger erleichterten sich häufig in die Büsche, was immer wieder zu unschönen Erlebnissen von Pilzsuchern und Naturliebhabern führte. Im Lokalblättchen erschienen gelegentlich Berichte, die den „Schandfleck" zum Thema hatten. Da unsere Gemeinde chronisch klamm ist, beschloss ich, selbst tätig zu werden.

Mit Einverständnis der Behörden errichtete ich also auf eigene Kosten eine Trockentoilette an der Grenze zu meinem Grundstück. Ein kleines Bretterhäuschen, unter dem ich ein Reservoir zur Kompostierung anlegte.

Dieses Häuschen reizte meine Phantasie. Ich vermag nicht zu sagen, ob das neue Phantasien waren, oder ob durch den Anblick lange Verdrängtes wieder greifbar wurde. Kurz und gut:

Ich grub einen Tunnel von meinem Gartenhaus zu der Toilette. Das war alles andere als leichte Arbeit. Ich besorgte mir im Vorfeld Fachbücher, damit ich die Arbeiten auch qualifiziert erledigen konnte. Der Gang musste schließlich auch abgestützt werden, waren doch fast zehn Meter Strecke zurückzulegen. Ich habe einiges an Schweiß und Zeit in diesem Tunnel gelassen. Na ja, als Privatier habe ich ja genug Zeit.

Als ich am Ziel war, brachte ich eine Öffnung, die ich mit einer Klappe ausstattete, am Reservoir an. So kann ich immer, wenn es mir aussichtsreich erscheint, d.h. wenn viele Spaziergänger unterwegs sind, ins Innere des Reservoir gelangen. Angst zu ersticken habe ich nicht, hatte ich doch schon beim Anlegen des Sammelbehälters für eine gute Belüftung gesorgt.

Es stinkt nicht so arg wie man sich das vorstellen mag. Die Geruchsfreisetzung hängt - neben der Belüftungssituation - hauptsächlich vom Kot-Urin-Verhältnis ab. Nasser Kot stinkt sehr, trockener kaum. In meinem Klo herrscht ein günstiges Verhältnis, vor allem weil Männer zum Pinkeln nicht die Toilette aufsuchen. Die stellen sich dazu weiterhin an Bäume.

Ich nehme immer etwas Stroh mit, um meine Liegesituation etwas komfortabler zu gestalten. Ich liege dann – da der WC-Sitz eine Abdeckplatte hat – in Dunkelheit auf meinem Stroh-Trockenscheiße-Bett und harre der Ereignisse. Zu Beginn legte ich mich so hin, dass meine Füße unter der Kloöffnung lagen. Das stellte mich auf Dauer nicht zufrieden. Ich probiere verschiedene Stellungen aus, wobei ich die Intensität des Koterlebnisses ständig erhöhte. Heute übe ich ausschließlich die Gesicht-unterm-Loch Stellung aus. Meine Augen sichere ich mit einer Schutzbrille. Mein Kopfhaar habe ich aus reinigungstechnischen Gründen abrasiert.

An manchen Tagen kommt niemand. Was aber nichts macht. Auch die Erfahrung der Vergeblichkeit gehört zur spirituellen Erkenntnis.

Meist habe ich Erfolg. Mir wurde schon Kot der verschiedenartigsten Konsistenz zuteil. Steinharte Teile in Form von Hasenperlen, lange weiche Würste, bis zum Braunbrühedurchfall.
Der Kot klatscht auf mein Gesicht, verklebt Augenbrauen und hinterlässt den Geschmack von Scheiße im Mund.
Eine existenzielle Erfahrung des Menschlichen und Außermenschlichen, eine Erfahrung der Demut angesichts einer wunderbaren Welt.
Nach menschlichen Maßstäben tue ich Buße. Der Antrieb dazu ist offensichtlich: Früher beschiss ich arglose Leute, heute lasse ich mich von arglosen Leuten bescheißen. Andere gehen zur Beichte oder machen Wallfahrten, ich suhle mich in Fäkalien, um mit mir ins Reine zu kommen.

Meine Erfahrung überschreitet den menschlichen Bereich, der ja vor allem aus Abgrenzungen und Wertungen besteht. Der Kot spült mich in eine Erkenntnis der Gleich-Gültigkeit und des All-Ein-Seins. Ich habe, wenn ich besudelt daliege, ein transzendentes Weltverständnis. Ich weiß dann, wie alles mit allem zusammenhängt, ohne dass es ein besser oder schlechter gäbe.
Ich bin ein Scheiße-Mensch, wie alle Scheiße-Menschen sind: Zusammengesetzt aus Exkrementen und Verwesungsprodukten von Sternen, produzieren wir Scheiße, die anderen Lebewesen Nahrung ist.

Sehen könnte man mich von Oben nur, wenn man mit einer Taschenlampe direkt ins Loch leuchtete. So etwas macht aber selbstverständlich niemand. So geht die Gefahr einer Entdeckung nur von mir selbst aus. Was, wenn ich einen Hustenanfall bekäme, oder ein Niesen nicht zurückhalten könnte, während das Häuschen oben gerade besetzt ist? Entdeckungsszenarien habe ich öfters in meiner Phantasie durchgespielt. Immer mit unterschiedlichen Verlauf und Ausgang, aber mit einer gemeinsamen gnadenlosen Peinlichkeit. Die Peinlichkeit beträfe beide Seiten. Auf die Peinlichkeit meiner Rolle brauche ich wohl nicht näher einzugehen, der Peinfaktor der Gegenseite ergäbe sich aus dem Wissen, dass jemand gerade (mehr Ohren- denn Augen-)Zeuge einer Tätigkeit war, die Zeugnis der eigenen Tierhaftigkeit gibt. Man kann eher auf Nachsicht hoffen, wenn man Jemanden bescheißt, als dann, wenn man sich von Jemand bescheißen lässt.

Es reizt mich. Vielleicht werde ich zum Ende und Höhepunkt meiner Fäkalkarriere ein derartiges Erlebnis bewusst herbeiführen.

Der Aussegner

Mein Name ist Otto K.

Ich bin Handlungsreisender. Ich mache in Staubsauger, wie ich im Scherz zu sagen pflege. Ansonsten ist mein Beruf wenig spaßhaft. Aber von dem soll hier nicht die Rede sein. Mein Steckenpferd ist anregender: Ich onaniere nachts in ausgehobene Gräber.

Wie ich dazu gekommen bin? Das kann ich nicht so genau sagen. Vielleicht hat es etwas mit einer Wette zu tun, die ich als Jugendlicher eingegangen bin. Die Wette hatte - Sie werden sich das sicher schon gedacht haben - eine Übernachtung auf dem Friedhof zum Gegenstand.

Ich verbrachte also eine Nacht alleine auf dem Friedhof. Anfangs hatte ich schreckliche Angst. Nach einer Weile kam ich mir eher heroisch vor. Während die Leute in ihren warmen Betten schlummerten, hielt ich hier Wacht bei den Toten. Mich als einsamen Wolf, der zwischen Gräbern herumschleicht, vorzustellen, gefiel mir.

Seitdem habe ich öfters nachts einen Friedhof besucht. Irgendwann, wahrscheinlich im Frühling, überkam mich ein sexuelles Verlangen, dem ich auch nachgab. Warum auch nicht? Ich stand ja mutterseelenallein im Gräberfeld. Ich legte Hand an und fand dieses Erlebnis viel prickelnder als die Handarbeit zu Hause oder in einem Hotelzimmer.

Seitdem machte ich das öfters, eines Tages auch vor einem frisch ausgehobenen Grab. Um die Lust des Onanierens zu verlängern gedachte ich, immer wenn ich kurz vorm Abspritzen stand, der Toten, die da am nächsten Tag in die Erde gelassen werden sollte. Ich ging mal – wahrscheinlich meiner Beschäftigung geschuldet - von einer weiblichen Leiche aus. Dadurch gelang es mir, meine Lust um eine erkleckliche Zeitspanne zu verlängern.

Seitdem spritze ich in frisch ausgehobene Gräber. Ich gebe der künftigen Aufenthaltsstätte der Toten sozusagen die letzte weltliche Weihe, bevor der Priester andertags die geistliche Weihe vollzieht.

Immer wenn ich in einer Stadt bin, schlendere ich nachmittags über den Friedhof, um mich nach dem Begehrten umzuschauen und Ortskenntnis zu erwerben. Das erleichtert die spätere Auffindung ungemein.

Schwarz gewandet suche ich dann im Dunkeln die Stellen auf. Eine gewisse Sammelleidenschaft ist dabei. Andere sammeln Briefmarken oder Münzen, ich sammle Friedhofsabsamungen.

Es ist nicht schwer nachts auf einen Friedhof zu gelangen. Auf einigen Friedhöfen darf man ganz legal nachts herumspazieren. Deren Tore werden auch nicht versperrt.

Manche Friedhofssatzungen verbieten den nächtlichen Zutritt. An diesen Orten steht man vor verschlossenen Türen. Aber die Mauern sind meistens gut übersteigbar.

Manchmal begegne ich auf meinen nächtlichen Wanderungen dunkel gekleideten, hell geschminkten Jugendlichen. Das bedeutet für mich dann Masturbationsverzicht. Erwischen lassen will ich mich nicht bei meiner Betätigung.

Meine Leidenschaft erschöpft sich nicht im Morbiden. Ich liebe auch das pralle Leben. Und das besonders in der Form von Camel-toes. Ich habe es mir zur Angewohnheit gemacht, soweit es Beruf und Friedhof erlauben, mich in Parks zu setzen und vorbeigehenden und vorüberradelnden Frauen in den Schritt zu schauen. Früher versuchte ich das so unauffällig wie möglich zu machen, linste also aus den Augenwinkeln heraus; davon bin ich abgekommen, weil ich bemerkte, dass das regelmäßig bemerkt wurde. Das Verstohlene wirkte dann unheimlich auf die Frau. Ich will niemand ängstigen; ich bin kein Möchtegernvergewaltiger. Ich bin ein Genießer, der sich am sich abzeichnenden weiblichen Geschlechtsteil erfreut. Und deshalb schaue ich ganz offen, wenn mich eine Frau in Leggins oder anderen günstigen Hosen passiert. Meine Lieblinge sind die Minirock-Fahrradfahrerinnen. Wenn eine vorbeipedaliert ist mein Blick gebannt. Ich muss dann einfach einen Blick unter ihr Röckchen erhaschen um in Erfahrung zu bringen ob und, wenn ja, was sie drunter anhat.

Ich bin sehr froh, dass ich einen reisenden Beruf habe.

Der Unterwürfigkeitskünstler

Mein Name ist Konstantin S, wohnhaft in B. Ich bin einundsechzig Jahre alt. Ich soll über mein Steckenpferd berichten. Das Problem dabei ist, dass ich keines habe. Ich bin Künstler. Genauer gesagt: ein anilinguistischer Unterwürfigkeitskünstler. Ich operiere jenseits der Grenzen, die Sitte und Moral setzen. Ich vollziehe den Anilingus an verschiedenen Tierarten.

Ich stelle mich mit meiner Kunst unter das Tier. Nicht nur buchstäblich, auch metaphorisch, und widerlege dabei die Ansicht, dass Kunst nur Erhebendes, Erbauliches zu bieten habe. Ich erniedrige mich, und mit mir das gesamte Publikum. Ich entlarve die Menschen, die mir zusehen, als gelangweilte, sensationsgeile Spanner, und mache keinen Hehl aus meiner Verachtung für die Zuschauer. Sie kommen und zahlen trotzdem. Oder auch deswegen. In gewissen Kreisen gilt es als chic meinen künstlerischen Darbietungen zuzusehen.

Angefangen habe ich mit Haus- und Nutztieren, vor allem wegen der leichten Zugänglichkeit. Hunde, Katzen, Schafe, Rinder, Schweine, Hühner. Wobei letztere keinen Anus aufweisen, sondern eine Kloake. Korrekterweise müsste ich sagen, dass ich in diesem Fall den Kloakilingus vollzogen habe.

In der Anfangszeit verwendete ich zu meiner Sicherheit ein Leckläppchen, so dass meine Zunge nicht direkt mit den hinteren Öffnungen der Tiere in Kontakt kam. Davon bin ich abgekommen, einerseits, weil sich ein echter Unterwürfigkeitskünstler als Zeichen seiner Demut nicht schützen sollte, andererseits weil das Publikum den ungeschützten Akt goutiert.

Abgekommen bin ich auch von Haus- und Nutztieren. Die Zuseher wollen Spektakuläreres. Geld spielt keine Rolle. Meine Zuschauer sind Millionäre und bereit, einiges springen zu lassen. Mit ein paar Geldbündeln gewappnet kommt man jederzeit in den Zoo. Ich habe mich in den vergangenen zwei Jahren durch den gesamten Tierpark geleckt.

Warzenschweine, Zebras, Löwen, Leoparden, Tiger. Wobei selbstverständlich einige Tierarten vor meinem Leckeinsatz von bestochenen Veterinären ordnungsgemäß sediert wurden. Ich bin unterwürfig, aber nicht lebensmüde. Feige bin ich nicht. Risiken bin ich durchaus eingegangen. Beispielsweise bei der

Zirkuselefantenkuh, die ich leckte, ohne dass sie betäubt worden wäre. Ein Tierpfleger redete während des Aktes auf sie ein.

Der Elefant war mein bisher größtes Tier, das ich ordnungsgemäß geleckt habe. Letztes Jahr betätigte ich mich an einem gestrandeten Buckelwal. Der war allerdings schon tot, als ich gemeinsam mit meinem Publikum ungestörten Zugang zu ihm bekam. Ich konnte die angereisten Zuschauer nicht enttäuschen und lutschte ein bisschen am Kadaver herum. Aber als korrekt vollzogenen Anilingus verbuche ich diese Aktion nicht.

Ich trage bei meinen Vorführungen immer Anzug und Krawatte, und dokumentiere meine Leckeinsätze mit einer Videokamera. Vielleicht werde ich mal ins Guiness-Buch der Rekorde aufgenommen. Das ist aber eher unwahrscheinlich.

Der Lauerjäger

Ich heiße Detlef P., wohnhaft in K. und bin von Beruf Bürokaufmann.

Mein Hobby ist die Lauerjagd. Da ich Wärmeliebhaber bin, fröne ich meiner Leidenschaft nur in der warmen Jahreszeit. In R-losen Monaten begebe ich mich in der Dunkelheit zu meinem natürlichen Unterstand. Engstehende Nadelbäume bilden ein Dach, so dass ich nicht nass werde, wenn es mal nieselt. Bei heftigen Regen bleibe ich zuhause.

Ich breite dann eine Plastikfolie auf dem Boden aus, lege einen Schlafsack, in den ich dann halb schlüpfe, darauf. So sitze ich dann warm und bequem, mein Gewehr stets griffbereit, und sondiere den Weg, den ich als Jagdgebiet auserkoren habe, mit meinem Nachtsichtgerät. Es ist ein halber Waldweg. Es ist unwahrscheinlich, dass da wirklich jemand in der Dunkelheit entlanggestolpert kommt, aber nicht unmöglich. Es geht mir nicht so sehr um einen schnellen Erfolg. Der Weg ist das Ziel. Die Jagd hat etwas kontemplatives. Ich gewinne Abstand zu meinem hektischen Alltagsleben, komme inmitten der Natur wieder zur Ruhe.

Eines Tages wird jemand diesen Weg gehen. Der wird seinen Tod nicht bewusst miterleben. Er wird nicht einmal überrascht sein. Wird einfach umfallen, gefällt durch einen Kopfschuss. Nach diesem Jagderfolg werde ich die Plastikfolie sorgfältig einrollen, und mich rasch aber unauffällig auf meinen ausgekundschafteten Fluchtweg zu begeben.

Die Polizei wird im Dunkeln tappen. Wird möglicherweise eine Beziehungstat vermuten. Das wäre mir Recht.

Oder sie würde auf den verirrten Schuss eines Jägers tippen. Auch das wäre mir Recht. Ich habe keinen Jagdschein und meine Ausrüstung habe ich mir bereits vor Jahren auf dem Schwarzmarkt besorgt. Keine Spur wird zu mir führen. Sie könnten ein paar Haare oder was auch immer finden, aber ich bin als nicht Vorbestrafter in keiner Datei der Polizei enthalten. Selbst wenn sie einige Spuren mit mir in Verbindung bringen könnten, einen Beweis für meine Täterschaft werden sie mit Sicherheit nicht erbringen können.

Die Waffen werde ich selbstverständlich verschwinden lassen. Ein neues Hobby werde ich mir dann auch suchen müssen.

Angepisst

Mein Name ist Walter S.

Ich pinkle Leute an. Nicht im Rahmen von Natursektpartys oder ähnlichen Veranstaltungen, sondern mitten im öffentlichen Leben. Das kann an der Supermarktkasse passieren oder auch beim Volksfestbesuch.

Ärger habe ich deswegen noch keinen bekommen; vor allem deshalb, weil die Leute nicht bemerken, dass sie bepinkelt werden.

Ich hole meinen Penis selbstverständlich nicht aus der Hose, wenn ich zur Sache komme. Mein Penis steckt in einer Art Kondom, das vorne ein Loch hat; dieses Loch ist der Kanal zu einem dünnen Schlauch. Dieser Schlauch wird an einem kleinen Loch meiner Hose fixiert und stellt somit die Verbindung zur Außenwelt dar. Nicht alle Schläuche sind gleich lang. Ich habe Kniespritzhosen und Wadenspritzhosen. Variationen halten die Begeisterung wach.

Ich habe das Schlauchsystem selbst entwickelt und immer weiter verbessert, ebenso trainierte ich meine Blase und kann mit Stolz feststellen, dass ich zielgenau die intendierte Urinmenge auf fremde Gewänder aufbringen kann.

Ich uriniere nur wenige Milliliter Harn auf eine Zielperson. Die Person darf ja nichts bemerken, jedenfalls nicht sofort.

Ich habe mir angewöhnt, meine Blase immer schussbereit zu halten, wenn ich das Haus verlasse.

Überall, wo viele Leute auf engem Raum versammelt sind, finde ich Betätigungsmöglichkeiten. In überfüllten Bussen oder vor Losbuden kann ich risikolos zur Sache kommen. Ich stelle mich dann neben meine Auserwählten und spritze sie dann ab ohne die Mine zu verziehen oder nach unten zu blicken.

Meine erste Unternehmung dieser Art machte ich in der Unterstufe des Gymnasiums. Während des Sportunterrichts hatten mich meine Mitschüler wieder mal ausgelacht, weil ich mich am Reck sehr ungeschickt angestellt hatte. Nun, ich war immer der kleine Pummelige, dem man jeden Spott angedeihen lassen konnte.

Nach der Feldaufschwungdemütigung wollte ich aufs Klo gehen. Auf dem Weg dahin bemerkte ich, dass die Tür zur Umkleidekabine einen Spalt offen stand. Der Lehrer hatte diesmal offenbar vergessen sie zuzusperren, wie er das üblicherweise tat, damit nichts entwendet werden konnte.

Mit dem Mut der Wut schlich ich mich in die Umkleide und pisste auf die Kleidung meiner Klassenkameraden. Nur jeweils ein paar Spritzer, so dass niemand Verdacht schöpfte. Ich hatte mächtig Bammel bei der Aktion, aber als sie gut ausgegangen war, fühlte ich mich mächtig. Ich hatte mich an meinen Peinigern gerächt.

Nach dieser Aktion machte ich ein paar Jahre keine Unternehmungen dieser Art mehr. Erst als ungefähr Achtzehnjähriger entdeckte ich die heilsame Wirkung des andere Menschen Anpinkelns wieder. Ich war zu der Zeit verzweifelt, weil meine Klassenkameraden alle eine Freundin hatten. Nur ich, der immer noch Kleine und immer noch Pummelige, hatte keine abbekommen.

Mir kam der Gedanke mit dem Schläuchlein, den ich auch umsetzte. Nachdem ich die erste Pinkeltour absolviert hatte, fühlte ich mich gleich besser. Ich musste meinen Frust nicht mehr in mich hineinfressen. Seitdem absolviere ich meine Spritztouren regelmäßig.

Ich übe Macht über die Menschen aus, ohne dass die dies bemerken.

Ich bin ein assymetrischer, minimalinvasiver Krieger, dessen Angriffshandlungen unterhalb der Wahrnehmungsschwelle bleiben. Die Leute wissen noch nicht einmal, dass ich ihnen den Krieg erklärt habe. Und dennoch pisse ich ihnen ans Bein – buchstäblich.

Nackte Märchen

Märchen sind ihrer Zeit oft weit voraus. Auch im Bereich Nacktheit. Der Striptease wurde in „Die Sterntaler" erfunden, latenter Exhibitionismus in „Des Kaisers neue Kleider" zu einer Zeit thematisiert, als es noch nicht mal einen Namen für das Phänomen der Zeigelust gab.

„Sterntaler" ist leicht zu deuten. Mädels, die sich ausziehen, werden reich belohnt. Eine eher zweifelhafte Aussage.

„Des Kaisers neue Kleider" ist schon schwerer fassbar. Die gängigen Interpretationen überzeugen mich nicht. In der Geschichte ein Exempel dafür zu sehen, zu welchen Auswüchsen Leichtgläubigkeit, verbunden mit Dummheit führen können, heißt nur die Oberfläche zu sehen. Der Kaiser ist gar nicht wirklich auf die Betrüger hereingefallen. Dazu ist der Kaiser am Ende der Geschichte nicht überrascht genug. Er fällt nicht aus allen Wolken, sondern denkt: „Das muss ich jetzt zu Ende bringen."

Das heißt: Der Betrug fand nicht gegen den Willen des Kaisers statt. Nicht der Wille des schwächlichen bewussten Denkens spielt hier die Hauptrolle; vielmehr der Wille des mächtigeren Bereichs des Unbewussten. Schauen wir uns die Fassung von Hans Christian Andersen an:

Schon im ersten Kapitel wird der Kaiser als Pazifist geoutet, als jemand, dem sein Putz wichtiger ist als das Militär, als jemand der die Jagd nicht liebt, der stattdessen in den Wald geht um (Kleidung) zu zeigen. (sic!)

Doch so schlecht scheint der Regent nicht zu sein: In der Stadt herrscht ein Klima der Weltoffenheit. (Es kommen immer viele Fremde in die Stadt) Die Geschäfte florieren. (In der Stadt herrscht ein munteres Treiben)

Der Kaiser ist ein Exhibitionist, der seine Entblößungsgelüste nicht ausleben kann. In seinen Träumen hat er sicher schon manch verwegenen Nacktauftritt hingelegt, im Wachbewusstsein sind diese Wünsche verdrängt. Seine exhibitionistische Neigung lebt er nur in sozial halbwegs akzeptierter Weise durch das Tragen prächtiger Gewänder aus. Diese Auslebungen sind zum gewöhnlichen Einheitsbrei verkommen. In diese Situation platzen die zwei Betrüger. Der Kaiser ist sofort elektrisiert. Er erkennt die fantastischen Möglichkeiten, die ihm dieses „Gewand", das für Dumme und Unfähige unsichtbar bleibe, bietet. Der Kaiser will ganz bewusst nicht wissen, dass die Kleidung nicht existiert. Dass die „Kleidung" kein Gewicht hat, dass sie ihn nicht wärmt, lässt ihn kalt. Sein Unbewusstes hat entschieden die Sache durchzuziehen; es lässt sich nicht durch

Offensichtliches aufhalten. Viel zu wunderbar ist die einzigartige Möglichkeit nackt durch die Straßen zu ziehen und von den Menschen bestaunt zu werden. Hätte er das ohne das Deckmäntelchen dieser unsichtbaren Kleidung gemacht, die Leute hätten ihn fortgejagt. Denn auch für Kaiser gilt ein Perversionslimit, das nicht überschritten werden darf ohne negativ sanktioniert zu werden.

Die Diener, die die Schleppe tragen, erkennen natürlich auch, dass die Kleidung nicht existiert, spielen aber das Spiel mit. Warum auch nicht? Sie würden doch von den Zeiten größerer Freizügigkeit profitieren, auch ist ein zufriedener Kaiser zumeist ein freigiebiger Regent.

Die Zuschauer wissen wohl auch, was da gespielt wird, sind aber entzückt, teils weil sie davon träumen dem Kaiser in Sachen Kleiderwahl nachzueifern, teils weil sie davon träumen, dass sich diese Mode bei knackigen Frauen und kernigen Burschen durchsetzen könnte.

Der Kaiser kommt also zu seinem ersehnten Nacktauftritt, was auch solange gut geht, bis das Spießerkind mit seinem unangemessenen Kommentar den Zauber der Schaustellung abrupt beendet. Der Kaiser kann sich die Aussicht auf eine Wiederholung seines Auftritts abschminken, und alle, die davon träumen im Lichtgewand durch die Straßen marschieren zu können oder den Marschierenden zuzusehen, müssen ihre Hoffnungen begraben, und das nur wegen eines vorlauten Görs.

Die Moral von der Geschicht:

Nacktheit muss sich maskieren. D.h. Wer nackt herumlaufen will, soll sich eine Rechtfertigung einfallen lassen, auch wenn diese noch so bescheuert ist. Denn es ist besser als ein dummer Esel denn als perverses Schwein zu gelten.

Nachfolgend eine Variante des Märchens, die auf die ursprüngliche spanische Fassung dieses Märchens rekurriert, wenn die Betrüger behaupten, dass Kuckuckskinder die Kleidung nicht sehen könnten.

Des modernen Kaisers neue Kleider

Vor langer Zeit lebte ein sanftmütiger Kaiser in einem kleinen Land. Er galt seinen Untertanen als Weichei. Vernachlässigte er doch die Jagd und das Kriegführen. Zu solchen Dingen wollte er sich nicht hinreißen lassen. Auch nicht zu anderen Dingen, die das Volk von einem Kaiser erwartete. Hartes Durchdirigieren von oben war seine Sache nicht. Er war klug genug seine eigene Begrenztheit zu erkennen. So regierte er möglichst wenig und überließ Entscheidungen, die getroffen werden mussten, Leuten die wirklich was davon verstanden. Er selbst verlegte sich ganz aufs Repräsentieren, eine Aufgabe die ihm sehr gefiel, liebte er doch nichts auf der Welt so sehr wie das sich zeigen. Gerne zeigte er sich seinem Volk in prächtigen und ausgefallenen Gewändern. Lieber wäre es ihm freilich noch gewesen, wenn er sich seinem Volk – nach seiner Auffassung - im prächtigsten aller Gewänder, dem Naturkleid zeigen hätte können. Diesen Wunsch versagte er sich aber. Denn auch ein Kaiser darf nicht alles und er war ohnehin nicht besonders gut angesehen wegen seiner Gefallsucht und Weichheit.

Das sparsame Regieren des Kaisers machte sich bezahlt. Während die Staaten ringsum in Kriegswirren versanken oder unter willkürlichen Gesetzen litten, herrschte im Reich des Kaisers ein Klima der Toleranz und Weltoffenheit. Viele Fremde aus anderen Ländern kamen in die Heimatstadt des Kaisers. So auch eines Tages zwei Betrüger. Diesen gelang es, bis zum Kaiser vorgelassen zu werden, um ihm ein Angebot zu machen. Sie erklärten ihm, sie seien die besten Weber die er auf der gesamten Erdkugel (ja, auch damals wusste man bereits, dass die Erde keine flache Scheibe ist) finden könne. Ihre Kleider seien nicht nur filigran und prächtig, es hätte mit ihnen auch noch eine ganz besondere Bewandtnis. Jeder, der nicht Sohn seines gesetzlich eingetragenen Vaters wäre, könne die Kleidung nämlich gar nicht sehen.

Der Kaiser war gekränkt und empört. Die Männer hielten ihn offensichtlich für einen Idioten. „Man sollte sie ins Gefängnis werfen", dachte er bei sich. Als er aber eine Weile nachgedacht hatte, war er auch empört über die herrschenden Sitten. „Kann es sein, dass die Frage, ob jemand seines Vaters Sohn ist, so große Bedeutung hat? Warum ist die Gesellschaft so verkrustet und rückständig? Wir haben zwar wirtschaftliche Freiheit, aber keine des Menschen. Machen mir meine Untertanen nicht das Leben schwer, weil sie von mir männliche Tugenden erwarten? Schikanieren sie nicht die anderen Menschen, nur weil diese unehelich geboren wurden? So kann es nicht weitergehen. Wir brauchen keine Spaltung in männlich und weiblich, keine Spaltung in unehelich und ehelich, keine in Kuckuckskinder und ehrenwert geborene Kinder, wir brauchen einen Zusammenschluss unter dem Dach des Menschlichen. Die nackte Wahrheit wird die Menschen heilen. Welches Symbol kann den Menschen besser verkünden, dass eine neue Zeit angebrochen ist, als ein Kaiser, der nackt durch die Straßen geht? Nebenbei kann ich mir auch noch meinen langgehegten Wunschtraum erfüllen. Ich schlage also zwei Fliegen mit einer Klappe."

Der Kaiser beschloss also, dass es seine Aufgabe sei, die Verkrustungen aufzubrechen. „Ich als Kaiser habe nicht nur der erste Diener meines Volkes zu sein, sondern auch der erste Revolutionär.", dachte er und entschied die Betrüger zu betrügen. Er erteilte den beiden Gaunern den Auftrag zum Anfertigen dieses besonderen Gewandes und stellte ihnen ein Turmzimmer zur Verfügung, das nach allen Seiten Fenster hatte, damit jeder in der Stadt den Webern abends sobald das Licht brannte, beim Anfertigen der Kleidung zusehen könne. Er sagte ihnen, dass er das Gewand anlässlich einer Prozession, die am Jahrestag der Stadtgründung stattfinden sollte, der Öffentlichkeit präsentieren werde. Dies ließ er auch dem Volk verkünden.

Er weihte seine getreuen Minister in den Plan ein und forderte sie auf, das Spiel der Betrüger mitzuspielen, auch wenn diese sich noch so unverschämt gebärdeten.

So gingen die Minister zu den Luftwebern, lobten den filigranen Schnitt, die bewundernswerte Feinheit des Stoffes und die prächtigen Farben der Gewänder in höchsten Tönen und lullten so die Betrüger ein. Diese waren nicht mehr auf der Hut. Sie bemerkten nicht, dass das Gold, dass ihnen als Bezahlung gegeben wurde, wertloses Katzengold war. Die Betrüger, stolz und eitel wie scharfsinnig sie doch wären, setzten ihre Scheinarbeit Tag und Nacht fort. Auch die sofortige Bewilligung einer von ihnen geforderten Nachzahlung machte sie nicht misstrauisch. Die Stadtbewohner, die die emsigen Arbeiten sahen, waren erwartungsvoll.

So kam also der große Tag. Der Kaiser ging in das Webzimmer, zog sich aus und ließ sich mit dem Nichts, das die Betrüger gewebt haben, einkleiden. Er bestätigte den Tragekomfort, der durch das verschwindend geringe Gewicht der Bekleidung entstünde. Kurz und gut: Er lobte das gesamte Gewand in den höchsten Tönen.

Die Diener, die vom Kaiser höchstpersönlich vorher ein Goldstück erhalten hatten, griffen die unsichtbare Schleppe. Weitere Diener trugen den Himmel über dem nackten Kaiser. Die Prozession setzte sich an diesem ersten Tag einer neuen Zeit in Bewegung.

Die Schaustellung rief beim Volk zuerst ungläubiges Staunen hervor. Dann dämmerte den Ersten was hier geschah. In ihrem Geiste sahen sie eine neue Zeit anbrechen, eine Zeit des neuen Menschen, eine Zeit der Freiheit.

Andere träumten weltlicher: Sie sahen sich, den Kaiser in der Kleiderwahl nachahmend, im Lichtkleid durch die Straßen flanieren. Wieder Andere träumten, da sich diese neue Mode doch auch bei knackigen Maiden und bei kernigen Jünglingen durchsetzen könne, von Anblicken die die Herzen und tiefer gelegene Körperteile höher schlagen lassen.

Ein Jubel brach ob der Schaustellung des Kaisers los. Es war ein Triumphmarsch - bis ein Kind ausrief: „Der Kaiser ist ja nackt!" Dieser Ausruf des unschuldigen, kleinen Spießerkindes beendete jäh alle Träume. Die Regeln der Schicklichkeit, dem Volk durch jahrhundertlange Erziehung eingebläut, obsiegten. Die Menschen ernüchterten und schämten sich für ihren Jubel. Aber nicht lange, hatten sie doch noch den Kaiser zum Auslachen. So diente der seinem Volk als oberste Witzfigur, damit sich keiner seiner eigenen Lächerlichkeit gewahr werden musste.

Der Kaiser, gar nicht so unglücklich über den Lauf der Dinge, brachte die Prozession in Würde und resignativer Gelassenheit zu Ende.

Somit war der erste Tag des freien Menschen auch gleichzeitig der letzte. Die alte Moral war gerettet. Die Menschen in diesem Land lebten weiterhin anständig, gesittet und nicht besonders glücklich weiter. Wenn sie nicht gestorben sind, dann spießern sie noch heute.

Die modernden Sterntaler

Es war einmal ein armes Mädchen, so um die achtzehn Jahre, das hatte außer ihrer provozierenden Naivität nur die Kleidung, die es am Leib trug und ein Stück Brot. (Hamburger o.ä.) Es kam während eines Spaziergangs zu einer alten armen Frau, der es das Brot gab, und auch ihre Jacke, denn die alte Frau war nur in Lumpen gehüllt. Es traf auf ein anderes Mädchen, das fror; denn es war Spätherbst. Das arme Mädchen erbarmte sich, zog ihr Kleid aus und gab es dem frierenden Mädchen. Nach einiger Zeit begegnete sie einem weiteren armen Kind (bedürftigen Wäschefetischisten) das fror. „Nun, es ist schon dunkel und so sieht mich keiner", dachte das Mädchen bei sich, zog die Unterwäsche aus und gab sie dem Kind. Selbstverständlich wurde sie doch gesehen.

Ende 1:
Der Besitzer eines Stripclubs, der ihre Darbietung mit Interesse verfolgt hatte, war davon so angetan, dass er dem Mädchen sofort einen gut bezahlten Vertrag anbot. Dieses unterschrieb und strippte fortan mit so viel Talent, dass schnell Filmproduzenten auf sie aufmerksam wurden. Das Mädchen wurde berühmt, spielte in Filmen mit und lebte glücklich in Hotelzimmern und Entzugskliniken.
Doch als sie alt geworden war - sie hatte schon ihr fünfunddreißigstes Lebensjahr erreicht - kamen immer weniger Angebote. Da sie auch viele Schulden angehäuft hatte, wurde sie schließlich ins Dschungelcamp gesteckt.

Ende 2:
Eine Gruppe Jugendlicher filmte sie mit einer Handy-Kamera und stellte den Film ins Internet. Daraufhin wurde das Mädchen gemobbt.

Ende 2A:
Sie war erst fassungslos, dann wurde sie depressiv. Eines Tages brachte sie sich um.

Ende 2B:
Sie war entsetzt und wurde über diesen Vorfall immer trauriger und zugleich wütender.
Eines Tages machte sie einen Amoklauf.

Die Moral von den Geschichten ist zu belanglos um sie hier anzuführen. Nichts was über die Worte von Leuten, die sich gerne als „unbequeme Querdenker" vorstellen lassen, in Talkshows ausgeschüttet, hinausreicht.

Das Land, in dem das Totwünschen wieder half

Einst besuchte eine Fee ein mittelgroßes Land. Sie hatte die Absicht, dem ersten Bürger, dem sie begegnete einen Wunsch zu erfüllen, wie sich das halt für Feen so gehört. Schon kurz nach Antritt ihres Besuchs, lief ihr ein Bewohner dieses Staates über den Weg. „Der wünscht sich sicher eine Verbesserung seines Aussehens", dachte die Fee bei sich, als sie dem nicht hübschen Bürger ihr Anliegen nahe brachte. Ohne langes Nachdenken und ohne mit der Wimper zu zucken sprach dieser: „Ich wünsche mir, dass alle verfickten Schweinehunde abkratzen, wenn ich mir das wünsche."

Die Fee war bestürzt ob des Wunsches und angewidert von der Wortwahl. „Das ist suboptimal gelaufen", dachte sie bei sich. Die Wünsche sind auch nicht mehr das was sie einmal waren. Aber: Versprochen ist versprochen. Ich muss den Wunsch erfüllen. Aber da ich diesem soziopathischen Zeitgenossen kein Alleinstellungsmerkmal gönne, werde ich alle Einwohner mit der Gabe des Totwünschens ausstatten. Und so geschah es.

Schnell verbreitete sich im gesamten Land die Kunde, welch ungewöhnliche Begabung die Fee jedem Bürger zum Geschenk gemacht hatte.

Alsbald sahen die Menschen in dem Lande teils betroffen, teils erfreut die ersten Politiker tot umfallen. Von Tag zu Tag nahm die Anzahl der Polititleichen zu. Waren es am Anfang noch Spitzenleute gewesen, so füllten rasch auch Hinterbänkler die Leichenschauhäuser.

Auch Polizisten und Lehrer starben wie die Fliegen. Es kam eine Zeit des Massensterbens, der Präventivtotwünschungen gegen Nachbarn, ehemalige Freunde, ungeliebte Geschwister und anderes Gesocks. Nach dieser Zeit des Todes beruhigte sich die arg dezimierte, davongekommene Bevölkerung langsam. Es entwickelte sich eine anarchistische, höfliche, schüchterne Gesellschaft. Man grüßte einander höflich, wenn man sich auf der Straße begegnete, machte sich kleine Geschenke. Wenn man redete, dann nur über das Wetter. Keiner strebte nach Macht. Niemand wies den anderen zurecht. Nun, niemand war übertrieben. Einige Lebensmüde und Lebensverzweifelte begaben sich auf die Suicide by Rot-über-die-Ampel-Geher Mission. Aber ansonsten hielten sich die Leute wirklich aus allem heraus, was Zorn erwecken könnte. Auch machten sie keine Anschaffungen, die den Neid hätten anstacheln können. So hielt Ruhe und Stillstand Einzug.

Wenn ihnen keiner den Tod gewünscht hat, leben die Leute heute noch glücklich, unauffällig und hochparanoid in ihrem mittelgroßen Ex-Staat.

Die Leiden des Frauenflüsterers

Es gab einmal einen überzeugten Feministen, der mit sich und seinem Verhalten vollumfänglich zufrieden war; bis auf eine Ausnahme: Die nächtlichen Nachhausewege, die aufgrund seiner späten Arbeitszeit notwendig waren, lasteten schwer auf seiner Seele. Nicht, dass er Angst gehabt hätte, Opfer eines Überfalls zu werden. Als mehrmaliger städtischer Flussschwimmmeister, glaubte er sich in der Lage etwaige Angriffe abwehren zu können.
Seine Ängste gingen eher umgekehrt in die Richtung, dass er für ein Sexmonster gehalten würde. Denn es kam immer wieder vor, dass er gemeinsam mit Frauen auf der Straße war.
Er hatte es sich zur Gewohnheit gemacht die Straßenseite zu wechseln, wenn er hinter einer Frau ging. Das funktionierte auch einige Zeit. Bis er eines Tages und zu seinem Entsetzen bemerkte, dass auch auf der anderen Straßenseite eine Frau ging. „Die denkt jetzt sicher, dass ich wegen ihr herübergekommen bin", dachte er bei sich.
Um nicht noch einmal in eine derart belastende Situation zu kommen, hatte er seine Technik umgestellt. Er wechselte nicht mehr auf die andere Straßenseite, sondern wartete bis die vor ihm gehende Frau einen ausreichenden Vorsprung hatte. „Aber was ist, wenn eine Frau, die von mir unbemerkt auf der anderen Straßenseite geht, sieht, dass ich plötzlich grundlos verharre. Müsste die dann nicht das Schlimmste annehmen?"
Um die Wartezeit unauffällig gestalten zu können, beschloss er daher, immer ein Päckchen Zigaretten dabei zu haben. Sein Plan war es, die Zigarette umständlich anzuzünden und dann wieder auszumachen, wenn die Gehende einen ausreichenden Vorsprung hatte.
Aber nach einer kurzen Überlegung, die eine mögliche Beobachterin, die ihn bei diesem Vorgehen beobachtete und aufgrund des vorgetäuschten Rauchens panisch würde, zum Gegenstand hatte, verwarf er das wegen der beängstigenden Wirkung. Also rauchte er immer die ganze Zigarette. Anfangs widerte ihn der Rauch an. Aber nach einigen Wiederholungen lernte er die beruhigende Wirkung zu schätzen. Doch Nachts träumte er immer von Einkesselungsszenarien. In diesen befand sich eine Frau vor ihm, eine hinter ihm eine auf der anderen Straßenseite. „Was, wenn ihm das in Wirklichkeit passierte?", fragte er sich oft nach dem Erwachen. Oder wenn ihm eine schwarze Frau oder eine Rollstuhlfahrerin auf derselben Straßenseite entgegenkämen? Dann könnte ein Wechsel der Straßenseite als diskriminierend empfunden werden.

So beschloß er, auf seinen Nachhausewegen immer ein Bündel Zeitungen in seiner Hand zu halten, um seine Anwesenheit auf der Straße situativ einzubinden. Zeitungszusteller wirken nicht furchteinflößend. Er musste natürlich wirklich Zeitungen in Briefkästen stopfen, wenn ihm jemand entgegenkam. Die Bewohner der Häuser fragten sich, wenn sie am nächsten Tag den Postkasten öffneten, was denn zwei Wochen alte Zeitungen darin zu Suchen hatten.

So hatte er einige Wochen Ruhe vor seiner inneren Stimme. Bis sich in seiner Stadt Überfälle häuften, bei denen ein Messer als Drohmittel eine Rolle spielte. So traf der wackere Nachhausegänger die alternativlose Entscheidung, bei seinen Heimwegen auf Kleidung zu verzichten, um damit seine Unbewaffnetheit zu demonstrieren.

Die Moral von der Geschicht: Sieht man nachts einen kettenrauchenden, splitternackten Typen, der Zeitungen in der Hand hält, dann braucht man sich keine Sorgen zu machen.